Bilder von Fritz Baumgarten   Verse von Lena Hahn

Die Kinder sind beim Mittagessen,
ihr Bärchen haben sie vergessen.
Es sitzt allein im Sonnenschein
und schläft vor Langeweile ein.
Da kommt ein Wichtelmann und lacht:
„He, Teddy, Faulpelz – aufgewacht!“

Die Fahrt geht ohne Aufenthalt
in tollem Tempo hin zum Wald.
Dort ist ein frohes Fest im Gang
mit Blasmusik und Rundgesang.
Da gibt es Saft und gutes Essen,
auch wird das Pferdchen nicht vergessen.

Der Teddy wollte Honig lecken.
Doch plötzlich merkt er voller Schrecken:
Die Bienen werden ärgerlich!
Nun, Teddy, lauf und rette dich! –
Bald kann er sich dann wieder freu’n,
beim Kegeln trifft er „alle neun“!

Minuten voller Angst erlebt
der Teddy, weil er festgeklebt.
Kaum ist er frei, mit Müh und Not,
als schon ein neues Unheil droht:
Ein Uhu, kreischend vor Empörung,
verbittet sich die Ruhestörung!

Man braucht nicht in die Stadt zu gehn,
um einen Film sich anzusehn.
Des Wichtelmanns geschickte Hand
wirft Schattenbilder an die Wand.
Dazu tönt jeden Augenblick
im Wald die lieblichste Musik.

Als „Blindekuh“ tapst er herum
und meint, das Spiel sei ziemlich dumm.
Jedoch nachher, beim Hasenritt,
kommt mit dem Teddy keiner mit.
Kühn wird ein Bächlein übersprungen.
Dem Wichtel ist es nicht gelungen!

Der Wichtel und der Teddy jagen
den Berg hinab im kleinen Wagen.
Der Rappe hoppelt hinterdrein,
ihm scheint dabei nicht wohl zu sein.
Und wer das Fahrzeug kommen sieht,
geht schleunigst aus dem Weg und flieht!

Ganz plötzlich ist es dann vorbei
mit dieser wilden Fahrerei.
Ein Stein im Weg – die Karre kippt,
der Wichtel wird herausgewippt.
Doch Teddy ist in weitem Bogen
kopfüber in den Teich geflogen.

Recht kleinlaut stieg ein völlig nasser,
verdutzter Teddy aus dem Wasser.
Zum Schneider wird er jetzt gebracht,
der schnell ein neues Röcklein macht.
Der gute Alte murmelt nur:
„Hat der ’ne komische Figur!“

Mit Kaffee wird der Gast erfrischt
und Kuchen wird ihm aufgetischt.
Ein Abschiedslied klingt schön und laut.
Beim Heimweg steht er starr und schaut:
Da kriecht vor ihm mit einem Male
ein Piepmatz aus der Eierschale!

Beim Schlaf im Freien kommt ein Regen
recht unerwünscht und ungelegen.
Der Teddy, den die Nässe weckt,
wird unsanft aus dem Traum geschreckt.
Die Kinder eilen hilfsbereit
und bringen ihn in Sicherheit.

© 2015 Titania Verlag GmbH
Industriestraße 19
64407 Fränkisch-Crumbach 2015
www.titania-verlag.de

Verse: Lena Hahn
Illustrationen: Fritz Baumgarten
Layout, Satz und Umschlaggestaltung:
design cat GmbH

ISBN 978-3-86472-612-5

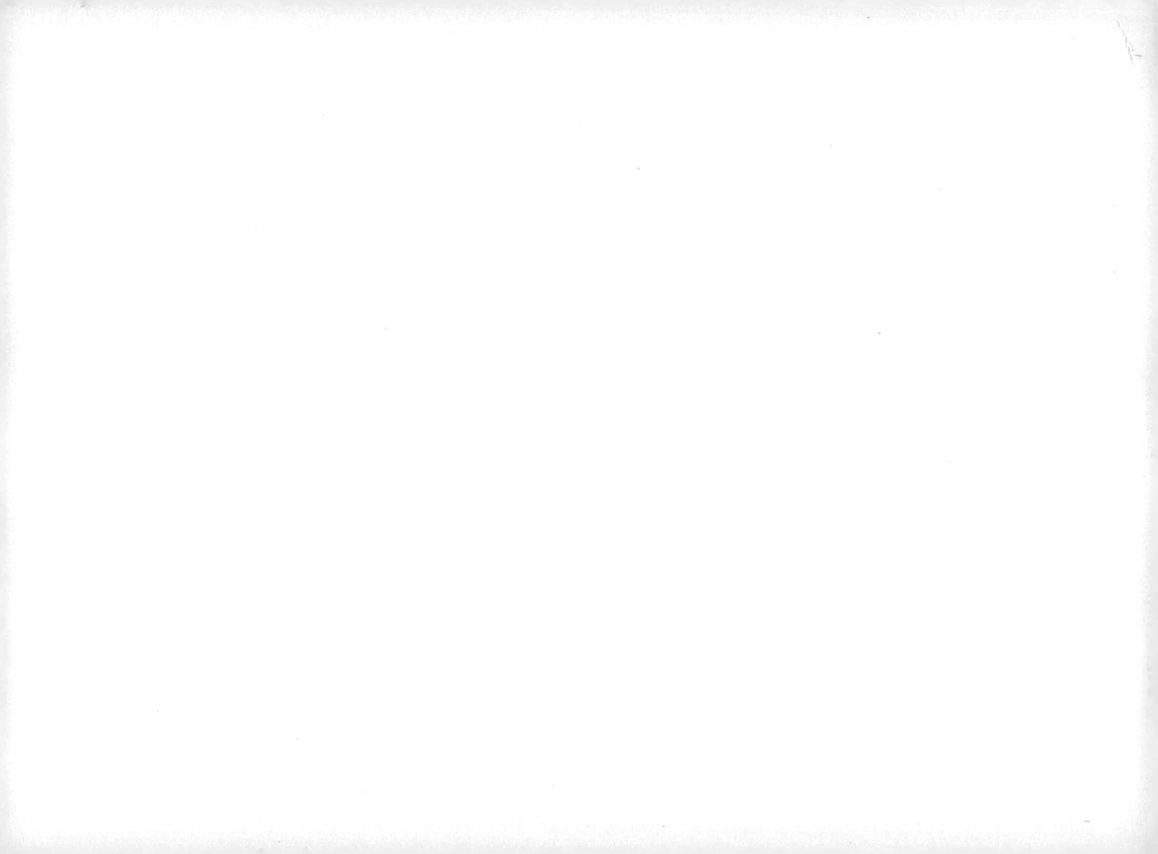